Ingrid Gabriel-Abraham

Alles ok bei Ihnen?

Alltagsbeobachtungen aus OHV

Impressum

© 2020 Ingrid Gabriel-Abraham

Verlag & Druck: tredition GmbH, Halenreie 40-44, 22359 Hamburg
ISBN: 978-3-347-02429-8

Bibliografische Information der Deutschen Nationalbibliothek:
Die Deutsche Nationalbibliothek verzeichnet diese Publikation in der Deutschen Nationalbibliografie; detaillierte bibliografische Daten sind im Internet über http://dnb.d-nb.de abrufbar.

Autorin

Ingrid Gabriel-Abraham, Jg. 1953, lebt mit ihrer Familie in Hohen Neuendorf.

Vorwort

Als Mitglied der AG Schreibmut im Kulturkreis Hohen Neuendorf habe ich tatsächlich mehr und mehr Mut bekommen, meine Alltagsbeobachtungen und spontanen Einfälle zu Papier zu bringen.

Teil 1 beinhaltet kleine Begebenheiten und Beobachtungen in meinem unmittelbaren Umkreis. In Teil 2 wird auch anderes erzählt, aber natürlich spielt Oberhavel auch hier immer wieder eine Rolle. Einige Texte sind speziell für Schreibmut-Lesungen entstanden, die jeweils eine grobe Themenvorgabe hatten: *Traumhaft, Grenzenlos und Feuer und Flamme.*

Alles ist aber letztlich doch Fiktion. Alle vorkommenden Personen sind frei erfunden.

Teil 1: **Alles ganz normal in OHV**

Parken in OHV
Der Stuhl
Einkaufen in Oberhavel
Mein Baumarkt und ich
Erwischt
Stadt – Land - Umland
Die Sache hat einen Haken
A wie Angst
Werners Haustiere

Teil 2: **Na, wenn das normal ist**

Eine Entwicklung
Alles ok bei Ihnen?
Was sagst du da? Sprachbetrachtungen
Wischmops
Glimpf
Ungemein gemein
Mit und ohne
Traumhaft:
Sturm in Oberhavel
Der Traum vom Fliegen
Grenzenlos:
Gemüse in Grenzen
Zwei im Vogelkäfig
Horizonterweiterung
Feuer und Flamme:
Feuerlein
Feuer und Flamme für das intelligente Auto

Teil 1

Parken in Oberhavel

Da parke ich immer, seit Monaten, jede Woche. Stille Nebenstraße, kein Parkautomat, kein Schild.

Dieses Mal steht auf der anderen Straßenseite ein Auto mit herunter gelassener Scheibe. Ich öffne die Tür und schon höre ich: „Hier könnse aba nich parken. Det würd teua."

Der hat gar keine Zähne und friert auch nicht bei dem offenen Fenster. „Na, warum denn nicht ? Hier steht doch nirgendwo ein Verbotsschild", protestierte ich noch schwach.

„Na, hier war so ne Frau und die hat alle uffjeschrieben und nachher kommtse wieda und denn sind die da hinten ooch noch alle dran.!.- „ Aha." Ich hab's geahnt. Wieder mal nebulöse, ganz besondere Oberhaveler Verkehrs- und Parkregeln, nur für Eingeweihte.

Wieso ist der überhaupt so fürsorglich? Hat der keinen Fernseher, frisch geschieden, alles langweilig? Warum soll ich das überhaupt glauben? Ich glaube ihm.

Noch ein bisschen Hin und Her. Dann bedanke ich mich für seinen solidarischen Warnhinweis und fahre doch lieber weg. Irgendwie kenne ich das ja schon.

Z.B. auf dem Parkplatz eines Supermarkts: Alles frei, kaum jemand kauft noch ein. Ich halte in einem vorgesehenen Parkhafen, es klopft umgehend an meine

Scheibe und man teilt mir mit, dass ich ganz schön schief stünde. „Sowat kann man abschleppen lassen." Der hat sicher auch auf mich gewartet. Hat einfach so einen Mitteilungsdrang. Und er weiß das so genau, weil er mal Verkehrspolizist war. Sagt er.

Mein bisher am wenigsten riskanter Parkversuch auf einem ganz ordentlichen, unzweideutigen Parkplatz vor einem Café endete dann tatsächlich mit einem Zettel auf der Scheibe: 10,- Euro Strafe für eine nicht vorhandene Parkscheibe im Fenster.

Ich bin schließlich aufs Fahrrad umgestiegen. Das ging eine Woche gut. Dann war es geklaut.

Davor hat mich keiner gewarnt.

Der Stuhl

Weiße Pünktchen auf schwarzem Untergrund mit zartrosa Verbindungslinien. Er hat ein solides Erscheinungsbild, verströmt Konferenz-Atmosphäre. Ich wähle diesen Stuhl, denn er spricht mich an. Aber eigentlich ist sowieso kein anderer frei. Ich bin etwas spät dran.

Links gegenüber hustet einer kurz an und guckt schnell in eine andere Richtung, mein rechter Nachbar rückt ein Stück weg und erst später verstehe ich, dass die Vorsitzende einen warnend gemeinten Arm in meine Richtung gehoben hat. Ich hatte das für eine Begrüßung gehalten.

Kaum sitze ich, ist alles klar. Sitzen ist eigentlich das falsche Wort. Zurücklehnen bedeutet liegen, Vorbeugen ist begrenzt möglich, dann hebe ich gefährlich ab. Nicht allen vier Beinen traue ich und die Armlehnen teste ich erst gar nicht. Die Sitzung beginnt.

Ich sage nichts, bewege mich nicht und sitze die Sache aus. Als alles zu Ende ist und ich erleichtert meine starre Haltung aufgebe und aufspringe, kracht hinter mir alles zusammen. Um mich herum fährt man aus bequemen Sitzpositionen hoch, sieht mich vorwurfsvoll an und hält mich sicher für sehr ungeschickt. Helfende Hände setzen das gute Stück wieder zusammen.

Beim nächsten Mal muss ich einfach viel früher da sein, beschließe ich. Dann bekommt ein anderer dieses Möbelstück ab, von dem man sich hier wohl ungern trennt. Wegen der Optik.

Vielleicht gibt es ja auch bald einen Neuzugang, der dann ebenso ahnungslos auf dem Ding landet.

Ich habe dann ein Mal die Bahn verpasst, ein Mal im Stau gestanden und war jedenfalls wieder zu spät. Ich bin jedes Mal wieder auf diesem Stuhl gelandet. Wir haben uns aneinander gewöhnt, der Stuhl und ich. Medizinische Sitzbälle sind ja auch nicht stabil, aber sehr gesund.

Einkaufen in Oberhavel

Hier in Oberhavel ist manches anders als in der Großstadt, z.B. das Einkaufen. Hier ist alles eine Frage der Tageszeit. Morgens um 7 Uhr zum Bäcker, ab 8 Uhr ist man schon spät dran, auch am Wochenende, ab 10 Uhr gibt es nur noch Reste. Bitte mit Beutel. Und wenn nicht, dann kommt ein unerwartet freundliches : „Is nich schlimm."
Wer vormittags nicht arbeiten muss, trägt dann ab 8 Uhr früh zu Staus auf den Parkplätzen der Supermärkte und vor den Regalen bei, speziell donnerstags.
Der Einkaufswagen wird gerne mitten im Weg stehen gelassen, damit man sich das Wochenangebot 3-Seiten-Schläfer-Kopfkissen genauer ansehen kann. Zwischendurch Tele-Kommunikation: „Hier gibt es gerade Sportmatten, soll ich dir eine mitbringen?" Völlig unsinnig, denn wer am Donnerstag nicht am Einkaufstrubel teilnimmt, braucht entweder sowieso keine Sportmatte oder nutzt gerade die in der Muckibude. Meist sucht man sich mittels Blickkontakt und spontanem Grinsen einen Weg zu bahnen oder sich gegenseitig vorzulassen. Mein impulsiver Vorschlag „Rechts vor Links!" stößt allerdings auf Unverständnis: „Hä, wieso? Wo sind wa denn hier?"
Rempelnde Stänker-Rentner, rücksichtslose Rollator-Schieber wie in der City? So eine unterschwellige Wut auf die Welt, weil die entweder jünger, älter oder genauso alt ist? Nein, hier wollen die nur kuscheln. Ein Einkaufswagen in meinem Hacken sagt einfach nur:

„Körperkontakt wäre schön." So erklärt sich auch die Frage eines angerempelten Mitkunden: „Wolln Se uffn Arm oda wat?"

Nachmittags dominieren schreiende Kinder und ihre müden Eltern. Aber dazwischen, so zwischen 10 und 16 Uhr, geht es gemütlich zu.

Fragt z. B. eine Kundin an der Kasse, ob man denn hier keine Geruchsbremser für Kühlschränke führe. Während die Kassiererin noch überlegt, ob sie das richtig verstanden hat, entsteht bereits eine lebhafte Diskussion in der Schlange. „So'n Quatsch.?" - „Kühlschrank putzen würde helfen, wenn's stinkt."- „Ja, genau." Das finde ich unterhaltsam.

Ich kaufe Berge von Mehl ein, weil ich lauter Brotback-Experimente machen will. Auch das bleibt nicht ohne Kommentare. „Wozu brauchen Sie denn det allet?" Man tauscht diverse Rezepte und Tipps aus. Das dauert. Es beschwert sich aber niemand. Man nimmt teil. Das ist gemütlich.

Nicht zu toppen das Angebot: „Möchten Se vor, Sie ham ja janz wenich." Doch, ich kaufe hier gerne ein. „Irre nett, danke. Schönen Tach noch." Eine ungeschriebene Regel scheint zu sein, dass man nach dem eigenen Einkauf abschließend den Trenner aufs Band legt, offenbar aus Fürsorge für den Nachfolger, denn es folgt stets ein gemurmeltes Danke. Ich weiß wirklich nicht warum, denn ich wollte nicht für irgendwen irgendwas mitbezahlen.

Die Kassiererin leidet etwas weniger unter ihrer Fließbandarbeit, denn sie entnimmt dem Band die eine oder andere Anregung: „Watt, sowat ham wa hier? Wo liechtn det? "
Etwas irritiert mich ihr gelegentlicher Eigensinn. Auf die übliche Anweisung „Karte einstecken" folgt plötzlich unüblich „Und Zahlenfolge eingeben!". „Ach", sagt die Kundin hinter mir, nicht auf Englisch? Sagen Sie nicht PIN?" –„Nee, ick hab's nich so mit Englisch", sagt die Kassiererin und erntet nun echte Bewunderung. „Na, das finde ich ja mutig", sagt die Kundin.

Naja, denke ich, die muss ja immer die Ware scannen, sich aber nicht unbedingt mit der Nachbarkasse ein Battle liefern oder irgendwann eine After- Work.- Lounge aufsuchen. Aber PIN steht doch für Persönliche Identifikations-Nummer, deutsch eigentlich und die genaueste Bezeichnung für das, was gemeint ist. Ich sage das nicht, ich will die Stimmung nicht verderben. Oder mir fehlt der Mut.

So, und jetzt noch zum Baumarkt. Völlig andere Szene.

Mein Bauhaus und ich

Letztens z.B. nahm auch mein Mann wahr, dass der Wasserhahn an der Badewanne ganz schwer ging, eigentlich gar nicht mehr. Der klemmt. . „Er ist nicht gängig." Sagt mein Mann.

Auch die Gangschaltung in meinem Auto ist gelegentlich nicht gängig, Gangschaltung ist ja nun aber sowieso steinzeitlich. Wer hat denn noch Gangschaltung? Und mein Knie , immer mal wieder einfach nicht gängig . Von Stühlen will ich gar nicht reden.

Der Geheimtipp unter Männern, der Tausendsassa unter den Ölen, kann natürlich alles auf einmal gängig machen: Fahrradketten, Waffen, Wasserhähne, Gartenscheren. Auch in heisere Kehlen gesprüht hilft es. Wird alles wieder gängig. Nicht 10 Mittelchen im Schuppen wie auf so einem Kosmetiktischchen, sondern eine Flasche für und gegen alles. Das ist irgendwie sehr männlich.

Das gibt es im Baumarkt. Ich habe immer etwas daran gezweifelt, dass Baumärkte Männerwelt seien. Kein Fußball, kein Bier, kein Fleisch. Es geht um Haushalt. Ich besorge jetzt mal das Öl im Baumarkt höchst selbst.

Ich lande erstmal in einer völlig falschen Abteilung. „Bastelglas" gibt es da. Was ist das? Undurchsichtige Kunststoffplatten. Warum heißen die denn so?

Etwas verwirrt stehe ich plötzlich vor diversen Sorten Kunstrasen in Rot, Braun, Grau oder auch Grün. Vielleicht kann man die je nach Jahreszeit austauschen. Wäre da nicht eine Beleuchtung mit wechselnden Farben geeigneter? Allerdings wäre dann sicher auch Blau dabei. Blauer Rasen geht gar nicht! Dann stoße ich auf die fremdsprachliche Abteilung: Besonders empfohlen wird das Produkt „Dräinage", mit Ä-I. Diese un-französische

Bezeichnung ist wohl irgendjemandem eingefallen, weil das Zeug überall Löcher hat.

Ich staune gerade noch über das Sonderangebot Kunstrasenteppich „Hydepark", als mir ein intensives Kinderplärren ins Ohr dringt. Ein gestresster Papa fragt gerade nach einer „diffusionsoffenen Unterspannbahn". Das ist nicht kindgerecht. Der Junge wird getröstet: „Iss ja jut. Papa kauft noch ein bisschen Beton und denn jehn wa bei Fische, ja?" Wieso Fische? Was für ein Sortiment!

Ich suche Hilfe am Info-Stand. Die „Fachkraft Nummer 19" wird ausgerufen und eilt herbei.

„Ach so, Ihr Wasserhahn jeht nich.". Er versteht mich, wie schön, aber mein Vertrauen schwindet. Er hat offensichtlich nicht das Fachvokabular. „Der Wasserhahn ist nicht gängig" sage ich mit emanzipatorischem Unterton. Vielleicht ist er aber auch ein echter Frauenversteher. Er bietet mir Kriechöl an. Wie klingt das denn? Sowas kommt mir nicht ins Haus. Schließlich verstehe ich, dass es sich hierbei um den gewünschten Artikel, einen sehr gängigen Artikel handelt.

Zuhause rufe ich schon mal von der Tür aus: „ich hab's", werde von meinem Mann erfreut begrüßt, der sich das Zeug umgehend in den Rachen sprüht. Sein Hals ist bald wieder gängig, aber bei mir geht gar nichts mehr. Deshalb schneide ich mir beim Kartoffel Schälen gleich mal in den Finger. Männertipp: Kein Pflaster, sondern Sekundenkleber. Also zurück ins Bauhaus.

Erwischt

Ich liebe ja Ruhe. Ich möchte keinen Stress, kein Geschrei und ich möchte ruhig wohnen. Sehr ruhig: kein Möbelrücken oder Streit der Nachbarn am späten Abend, Fernseher im Schwerhörigenmodus und Ähnliches.
Ich habe mein Glück gefunden. Eigentlich. Ich wohne am Dorfrand, neben einem Friedhof.
Tagsüber herrscht da zwar reger Betrieb. Ab 7 Uhr morgens eilen die Friedhofsbesucher herbei und pflegen und schmücken mit Vehemenz die Gräber ihrer Angehörigen. Ein ungepflegtes Grab ist wie nicht rasiert und nicht gekämmt und vor der Haustür nicht gefegt. Kommt nicht vor.
Man trifft sich dort und hält ein Schwätzchen wie andernorts nach dem Kirchgang oder in der Kneipe. Und es wird so einiges geregelt. Als mir als neu Zugezogener mal frisch gepflanzte Sträucher vom Grundstück weg ausgebuddelt wurden und wahrscheinlich eine neue Bleibe in Gärten der Nebenstraßen fanden, genügte es, sich empört bei der Nachbarin darüber Luft zu machen. Diese nickte hatte offenbar sofort einen konkreten Verdacht, führte auf dem Friedhof ein klärendes Gespräch und es verschwand nie wieder etwas. „ Kannste doch nich machen, hab ick jesacht. Is doch die Ingrid ihrs, Mensch!"

Meine eigenen Besucher machen stets den gleichen Witz: „Na, hast ja ruhige Nachbarn." Oder: „Hast du immer frische Blumen zur Hand." Oder auch: „Findest du das nicht gruselig?" Finde ich nicht. Blumen habe ich selber und ja, die sind ruhig. Nachts allemal. Bis auf das eine Mal.

Kalte Spätherbstnacht, früh dunkel, warmer Tee in warmer Stube. Draußen schreit einer wie am Spieß. Anhaltend. Da ist was los. Auf dem Friedhof ist was los. Vorsichtig gehe ich mal gucken. Nichts zu sehen. Echt gruselig. Warum schreit der denn so? Ist er verletzt, gestürzt, überfallen worden? Man hört eine zweite Stimme.

Ich wage mich vor bis zum Friedhofseingang, wo ich Gott sei Dank auf zwei weitere erschrockene und ratlose Gestalten treffe. Wir beraten uns. Vielleicht ist es nicht so ganz schlau, einfach da rein zu marschieren, um erste Hilfe zu leisten. Man gerät möglicherweise mitten in ein Verbrechen hinein. Tatort Friedhof, halbtotes Opfer, wild um sich schießender Täter? Aber wenn da doch einer Hilfe braucht?

Mal ein bisschen gucken? Und der schreit ja auch immer mal wieder. Wir rufen die Polizei und noch bevor wir ausgemacht haben, wer sich wie und ob überhaupt dem Tatort nähert.

Ist die Polizei auch schon da, irrwitzig schnell.

Sie wurde, wie sich herausstellt, schon vor unserem Erscheinen gerufen. Und zwar von einem regelmäßigen und leidenschaftlichen Friedhofsbesucher, der beobachtet hatte, dass in letzter Zeit oft Blumen von den Gräbern geklaut wurden. Er hatte Wache geschoben, den Täter in flagranti ertappt und mit einem ordentlichen Polizeigriff festgehalten und wartete nun mit ihm zusammen auf die Polizei. Der muss stundenlang im Dunklen und Kalten gesessen haben, um endlich eine Anzeige wegen Diebstahls erstatten zu können. Dabei muss man doch nur gut vernetzte Nachbarn haben...

Ich schlage vor: Hausverbot für den Blumendieb, Einstellung des wachsamen Bürgers als Türsteher. Arm umdrehen kann er ja schon.

Darauf noch einen warmen Tee, in aller Ruhe.

Stadt- Land-Umland

Es war ein langer, heißer, trockener Sommer gewesen. Höchste Waldbrandgefahr die meiste Zeit. Man geht unter solchen Bedingungen lieber schwimmen und geht so den Eichenprozessspinnern und Zecken ja auch bestens aus dem Weg. Aber dann kam der Herbst und der Regen und alles stürmte wieder waldwärts. Man geht ja neuerdings im Wald baden. Am Wochenende ist nun der Waldrand zugeparkt. Invasion der Städter. Ganze Familien und Freundesgruppen stürmen in alle Richtungen, es wird nicht gebadet, keiner umarmt Bäume. Man geht arbeitsteilig vor, verstreut sich, brüllt sich gelegentlich wichtige Informationen zu, dass es nur so hallt im Wald.

Rita und Rosi aus Reinickendorf, genannt R2, gingen jedes Jahr Pilze suchen. Sie waren dieses Mal etwas spät dran und deshalb nur mäßig erfolgreich, fanden dann aber doch immer mal wieder ein paar Maronen, die andere bisher übersehen hatten. Schon leicht frustriert erblickte Rosi dann aber plötzlich einen wunderbaren Steinpilz, den König unter den Pilzen, das ultimative Ziel aller Pilzsucher. Sie war nur wenige Meter von ihm entfernt und marschierte stramm drauf los. Plötzlich kam ihr von der Seite ein kreischendes Mädchen dazwischen. „Mama, ich hab einen, ich hab einen." Kinder sind meist etwas schneller als ältere Damen und überhaupt: Man will ja Kinderfreude nicht brutal zunichtemachen. Der Pilz gehörte also diesem Gör. Mütter sollten sich das merken: Nie ohne Kind Pilze sammeln gehen!

Als die Damen wenig später, nun schon auf dem Rückweg und bereits in Straßennähe, dann wunderbarerweise noch eine Gruppe von Steinpilzen sahen, viel größer als alles davor, blühten sie noch einmal auf und stapften zügig durchs Laub, als plötzlich ein Trecker wie aus dem Nichts heranbrummte und so scharf bremsend, wie ein Trecker das kann, fast neben ihnen hielt. Ein stämmiger Mann im Overall wälzte sich heraus und herab und stürmte auf die Pilze zu. „Ha, die haben mir doch noch gefehlt zum Glück!" dröhnte er, schnitt sie ab und stieg wieder ein. Das alles geschah in Sekundenschnelle und hinterließ R2 in Schockstarre. Auf dem Restweg zu ihrem Auto schwiegen sie. Als sie saßen, formulierte Rita mühsam: „Ich hoffe inständig, dass diese Gewächse voller Maden sind. Und wohl bekomm's, du Honk."

Die Oberhaveler hingegen machen sich fast täglich auf den Weg, außer am Wochenende. Sie kaufen ja auch Brötchen ab 6 Uhr morgens, also sind sie auch sehr, sehr früh im Wald. Jeder hat so seine Stelle, die er aber keinem verrät, damit sie seine bleibt. Einen Nachbarn, der einem mit vollen Pilz-Körben imponiert, zu fragen, wo er die denn herhabe, grenzt an Verletzung der Intimsphäre. Genauso gut könnte man ihn fragen, wie oft er die Unterhosen wechselt. Auch der Held aus Bergfelde, der mit einem Riesen-Steinpilz (18cm Durchmesser, 18cm hoch) in die Zeitung kam, macht zum Fundort natürlich keine Angaben. Er wurde taktvollerweise nicht mal gefragt. Man stelle sich gar vor, ein Städter könnte diesen Artikel lesen!

Und da stehen ja auch noch all die Pilze, von denen Städter keine Ahnung haben: die Krause Glucke, der Flockenstielige Hexenröhrling, der Graublättrige Schwefelkopf, der Hallimasch, und der Braunviolette Dickfuß. Den Städtern wird nicht unbedingt verraten, welche davon genießbar sind oder zu einem Krankenhausaufenthalt führen können, nach dem man dann sicher nicht mehr so bald Pilze suchen möchte. Nur beim Kleinsporigen Klumpfuß wird betont, dass er nach eingeschlafenen Füßen schmecke.

Die Sache hat einen Haken

Angler sind ordentliche Menschen. Haben Sie mal in einen Angelkasten geguckt? So viel Übersichtlichkeit auf einmal, da entdecken Sie unbekannte Seiten Ihres Mannes. Im Eifer des Gefechts am See muss es aber auch schnell gehen, alles muss mit einem Griff zur Hand sein. Außerdem ist es vielleicht auch dunkel oder wenigstens neblig, wenn die Fische beißen. Ein Griff, alles da. So muss es sein. Dafür muss man vor der Angeltour aufräumen, alle Haken sortieren, alle Köder polieren, diverse Schnüre aufrollen, die Angel aufbauen, so heißt das. Natürlich fällt es nicht immer auf, wenn nach dieser stundenlangen Sortiererei mal ein Häkchen verloren geht. Ist einfach daneben gefallen, wird nicht mehr gesehen, schlicht vergessen – dort auf der Sitzbank. Wichtig ist, was im Kasten ist. Erst der nächste Mitmensch, vielleicht die Ehefrau, bemerkt das Häkchen wieder, wenn sie sich drauf setzt. Die meisten Unfälle passieren eben im Haushalt.

Ich weiß, wovon ich rede. In voller Naivität putze ich ganz normal vor mich hin, denke auch nicht mehr an die Angelkasten-Ordnungs-Sitzung vom Vortag und greife – zack- in einen Drilling. Nicht irgendeinen. Er wäre geeignet gewesen, einen meterlangen Wels ins Boot zu ziehen, ein großer, fester Dreizack mit einer Metallschnur, an der noch ein großer, fester Dreizack hing. Eine Seite nun in dem Mittelfinger meiner rechten

Hand, oft auch Stinkefinger genannt, und die andere Seite schön fest im Teppich.

Kein Ding, einfach rausziehen. Ich werkele an meinem Finger rum, ich misshandele den Teppich. Nichts bewegt sich, keinen Millimeter. Es geht nicht. Der Dreizack bewegt sich nicht. Nicht aus dem Teppich, nicht aus dem Finger. Nicht mit Zähne zusammen beißen, nicht mit langsam rausdrehen, nicht mit Ruck. Geht nicht. Ehrlich, so ein Fisch am Haken möchte ich nicht sein.
So, was jetzt? Es war natürlich kein Mensch im Haus, alle dienstlich sowas von unterwegs, bis spät abends voraussichtlich. Kein Telefon in Reichweite und auch kein Werkzeug. Super. Ich sitze ja halb unter dem Tisch und versuche nach mehrmaligem Kopfstoßen an irgendetwas zu gelangen, was mich weiter bringen könnte. Als erstes kommt die Blumenvase runter, zerschellt neben mir und gibt mir wegen des auslaufenden Wassers noch etwas mehr von diesem Fischgefühl. Papierbündel, Brillenetui und Kugelschreiber waren auch nicht hilfreich, trieben mir aber langsam die Zornesröte ins nasse Gesicht. Mir kommen einige Exemplare der Zeitschrift „Fisch und Fang" in die Finger der linken Hand. Deren wirklich sehr treffend gewählte Überschriften geben mir den Rest: „Über Fänge und Stürze" „Beißgewitter". „ So hält der Haken." Es geht um Zander und Hechte..

Nach gefühlten 3 Stunden und einigen Panikattacken kamen nun auch wirklich böse Gedanken auf, an grundsätzliche Angelverbote, fiese Racheakte und unangenehme Wiedergutmachungswünsche.

Naja, davon kommt man ja auch nicht vom Teppich los.

Kurz bevor ich zu Mordplänen übergehen konnte, gelang es mir wunderbarerweise doch, an eine große Schere zu gelangen, mit der ich sehr langsam und sehr mühsam und mit sich verkrampfender linker Hand die beiden Haken trennen und vom Teppich loskommen konnte. Jippi. Die Blutlache um den verbleibenden Haken im Teppich herum ist schon etwas eingetrocknet. Echte Sauerei, kümmert mich aber jetzt nicht wirklich.

So , nun noch mal bei Licht betrachtet und in Ruhe....
Nein, der Haken steckt fest im Stinkefinger wie ein Kaffeelöffel im Beton, nichts zu machen. Ich sehe ein, ich brauche Hilfe, setze mich ins Auto und fahre mich einigermaßen einhändig zum Arzt.

Warum ich den Hausarzt wählte, weiß ich nicht. Lange Schlange, lauter verschniefte Leute, die einem noch eine Grippe anhexen können. Als ich endlich dran bin und der Tresendame meine Finger-Haken-Kombination zeige mit den Worten „Ich habe hier ein Problem", reißt sie vor Schreck die Augen weit auf und ruft laut und vernehmlich: „Versauen Sie mir nicht die Tastatur. Das ist sowieso nichts für Frau Doktor, da müssen Sie zum Chirurgen." Kein Mitleid, kein Tipp, keine Adresse.

Abermals Mordgedanken.

Als ich damit fertig bin, diese Dame meiner Stimmung gemäß zu falten und dann schließlich wieder vor der Tür stehe, schwinden mir auch langsam die Kräfte. Schließlich schaffe ich es doch noch, mich in meinem Auto bis in die Hände eines Chirurgen zu beamen. 2 Stunden später hat der den Drilling in der Hand und ich einen leuchtend orangenen Verband um den Stinkefinger. Sehr fotogen, diese Bilder schicke ich umgehend an meine abwesende Familie füge und deutliche Scheidungsdrohungen hinzu.

Der Chirurg hat noch gefragt, ob ich den Drilling mitnehmen möchte, der sei ja ein ganz toller. Ein Gamakatsu, wo hat Ihr Mann den denn her? Aber: Nein, rief ich empört, nehme ich nicht mit. Er freute sich sichtlich.

Als mein Mann nach Hause kam und sich meine Leidensgeschichte anhörte, dachte ich die ganze Zeit, wenn der jetzt ein falsches Wort sagt, kommen wieder Mordgedanken auf. Oder irgendwas anderes Schlimmes. Er sagte wenig, nickte mitleidsvoll. Freunden erzählte er später, wenn er mich abends noch im Teppich verhakt vorgefunden hätte, hätte er mich lieber nicht selber losgemacht, sondern den Nachbarn gerufen. Erst am nächsten Morgen fragte er vorsichtig, ganz vorsichtig: Sag mal, den Drilling hast du nicht zufällig wieder mitgenommen? Der war wirklich ganz toll, schwer zu kriegen....

A wie Angst

Hajo hat Angst. Man weiß nicht so genau, wovor und warum. Im Prinzip vor allem und jedem.

Er hat Angst vor Einbrechern, vor Überfällen auf seine drei Kinder, vor Ausländern, vor allem Fremden.

Er geht nie italienisch, griechisch oder asiatisch essen, wer weiß, was die da reintun. Seine Teenies dürfen nur in Begleitung seiner zwei Riesenhunde durchs Dorf gehen. Die sind im Prinzip auf scharf getrimmt. Nur seine Kinder können auf ihnen reiten. Da sind sie ganz lieb.

Passanten wechseln stets die Straßenseite, weil sie einigermaßen grundlos angekläfft werden. Man sieht Hajo dann lächelnd am Küchenfenster stehen. Jetzt haben mal die anderen Angst.

Zur eigenen Sicherheit hat er sich eine Knarre angeschafft. Gibt ihm ein gutes Gefühl. Sicherheitshalber hat er sogar einen Waffenschein.

Angst, den Job zu verlieren, hat er nicht, muss er auch nicht. Er ist im öffentlichen Dienst. Allerdings ist er da ein kleines, nerviges Licht, vermutlich für die Kollegen eher schwierig im Umgang. Man hört das so raus, wenn er darüber schimpft, wie blöd und unfähig alle sind. Die haben ja so gar keine Ahnung von nichts. Tatsächlich ist er schon strafversetzt worden, weil er irgendwo ein bisschen geschummelt hat. Bei größeren Lichtern nennt man das Korruption. Ein Unrechtsbewusstsein dazu

hat er nicht, denn früher war nicht alles besser, aber da war das üblich. Man hat von gegenseitigen
Gefälligkeiten gelebt, um die allgemeine Mangelwirtschaft auszugleichen.

Schön ist alles von ganz früher: alte Apfelsorten, der Kuchen seiner Oma und wie sportlich er mal war.

Die Nachbarn belächeln seine Marotten. Hier lassen alle die Türen offen stehen. Es ist noch nie was
weggekommen. Außer bei Hajo. Der wirkt wie ein Magnet. Ausgerechnet ihm wurde eines Tages das
Navi aus dem Auto geklaut.

Wenn er seinen Rasenmäher anwirft, meint man, ein Hubschrauber landet gerade. „ Das ist eben kein
Pillepalle-Mäher" sagt er, „ das ist was für Männer." Drumherum schließt man die Fenster.

Zu Nachbarschaftsfesten wird er immer seltener eingeladen, weil niemand mehr das Gemecker
über Ausländer, Schwule oder Lehrer hören will und anderer Gesprächsstoff immer schwerer zu
finden ist. Argumentieren zwecklos, Fake statt Fakten.

Die Töchter verstanden sich immer weniger mit ihrem Vater. Als sie heirateten und Kinder
bekamen, war klar, dass sie und v.a. ihre Männer, alles falsch machten. Zudem lebt die eine mit
ihrer Familie im Ausland. Eine Zumutung. Der Kontakt brach irgendwann ganz ab.

Er hat eine freundliche Frau, die sich sehr ruhig um Garten und Hunde kümmert. Er lobt sie für ihre

Koch- und Handarbeitskünste. Sie verbringen die typischen Familienfeste jetzt immer im Sportverein und immer öfter in der Partei. Dort versteht man sich ganz gut miteinander. Zur Wahl macht Hajo mobil. Die jüngsten Wahlergebnisse machen ihm keine Angst, sie geben ihm Hoffnung und eine teuflische Freude: jetzt haben die anderen Angst!

Werners Haustiere

Werner wird von seinen Nachbarn heimlich Petterson genannt, denn dem ähnelt er sehr. Er streift oft leicht vorgebeugt, mit Sonnenhut und Spaten ausgerüstet durch seinen verwunschenen Garten, legt dann wieder ein neues Beet an oder sät ein anderes zu und umrundet begutachtend seine Rosen und Kürbisse.

Einen Kater wie Findus hat er nicht, aber da Spinnennetze und ein bisschen Staub ihn nicht stören, hat sich in einer Ecke seines Zimmers eine Spinne von beachtlicher Größe eingerichtet, die er Elvira nennt und jeden Morgen freundlich begrüßt, schon um mal zu sehen, wie viele Mücken sie ihm in dieser Nacht vom Hals gehalten hat. So eine Art Haushälterin. Ein gutes Zusammenleben. Sehr still.
Die Kinder seiner Nachbarn kamen früher oft und gerne zu ihm, denn er konnte so schöne Tiergeschichten von Spinnen und Bienen erzählen. Zu diesen Geschichten

passende Aquarelle, die er den Kindern als Geburtstags- oder Weihnachtskarten schenkte, zeigten lauter nett grinsende Bienen und kletternde Spinnen. Heute sind die Kinder groß und eine kleine Sammlung von Porzellan- und Plastikinsekten auf dem Fensterbrett zeigt, dass sie ihm bei Besuchen noch heute immer wieder mal mit einem kleinen Mitbringsel für die Geschichten danken. Eine gemalte Geburtstagskarte ist immer noch ein begehrtes Geschenk.

Einer wirklichen Haustierhaltung am nächsten kam Werner, als ein Freund in der Nähe ausziehen musste und deshalb eine vorübergehende Bleibe für seine Bienen brauchte. Bienen waren ja seine bevorzugten Motive und er war auch nicht gut im Nein- Sagen. Und man muss mit denen ja zumindest nicht Gassi gehen.

Der Freund brachte drei Bienenstöcke mit Namen Ella, Else und Erna in Werners Garten unter. Der Schuppen füllte sich mit voluminösem Bienenzucht-Zubehör. In regelmäßigen Abständen stieg der Freund in einen Anzug, der sehr an Raumfahrt und Mondlandung denken ließ und stapfte so im Garten und um die Bienen herum.

Als Werner zum ersten Mal nach Einzug von Ella, Else und Erna seinen Rasen mähte, lernte er die Damen umgehend von ihrer unangenehmsten Seite kennen. Solcherlei Lärm mochten sie gar nicht in ihrer Nähe und sie stachen wild auf ihn ein. Frauen!

Der schuldbewusste Freund und Bienenkundler schenkte Werner einen eigenen Schutzanzug, den dieser nun beim Mähen und anderen Annäherungsversuchen trug. Dass man die Reißverschlüsse dieses Anzugs auch wirklich ganz zumachen muss, wurde ihm klar, als eine verzweifelte Biene sich mit ihm unter der Haube eingeschlossen hatte.

Man schwitzt darin ohnehin in der Regel wie ein Hausschwein in der Sauna. Also vermied er fortan den Anzug und ebenso das Rasenmähen. Sowas finden Bienen ja auch schön. So viel Natur und Blumenwiese. Friedliche Koexistenz. Alles für die Biene!

Hundebesitzer kennen das ja: beim Gassi-Gehen kommt man regelmäßig mit anderen Menschen ins Gespräch. Bienen haben erstaunlicherweise einen ähnlich kommunikativen Effekt: Vorübergehende Spaziergänger sprachen ihn auf die Bienenstöcke an, zeigten ihren Kindern, dass auch Honig nicht nur aus dem Supermarkt kommt und fragten, ob sie hier welchen kaufen könnten. Er korrigierte stets die Bezeichnung „Werners Bienen", die sich bei den Nachbarn durchgesetzt hatte. Es wurde nun auch irgendwie bekannt, dass hier ein rüstiger Junggeselle lebte, und immer öfter kamen einzelne, auch sehr rüstige Damen vorbeispaziert, die einen Zaunplausch begannen. Werner reagierte mit viel Höflichkeit und Charme - es war ja immerhin ein Zaun dazwischen und man konnte sich jederzeit umdrehen und hinter dem Apfelbaum wegtauchen, zur Not auch den Rasenmäher anwerfen, dann würden schnell alle flüchten müssen.

Schließlich wurde es Herbst und es wurde wieder ruhiger. Leider überstanden die Bienen den Winter nicht. Die Kisten wurden abgeholt. Elvira distanzierte sich, sie zog in den Schuppen um. Die Mücken wurden nun mit dem Staubsauger beseitigt.

Im darauffolgenden Frühjahr staunten aber die Nachbarn nicht schlecht: Werner schaffte sich tatsächlich eine Katze an, nein, es war ein Kater. Keinen Stress, bitte. Und auf so ein Tier wird man nicht dauernd angesprochen, es geht seiner Wege. Friedliche Koexistenz.

Teil 2

Eine Entwicklung

Sie war eigentlich sehr hübsch, irgendwie zartherb. Sehr schlanke , lange Glieder, sportliche Figur, klares Gesicht. Verletzlich. Nein: verletzt.
Denn sie war mit zwei ungleich langen Beinen geboren, was ihr sehr zu schaffen machte. Physisch- daher das Sportliche- das hieß Muskeln stärken, jede Menge Physiotherapie. Es kostete viel Mühe und Zeit, schlimmen körperlichen Beschwerden vorzubeugen. Psychisch, denn sie musste besondere Schuhe tragen. Und man sah sie natürlich trotzdem hinken.

In der Schule hatte sie sehr bald gelernt, damit umzugehen. Sie trat sehr souverän auf. Kein Klagen, kein Schimpfen. Es ist, wie es ist. So sahen es dann auch ihre Mitschüler und Lehrer.
Als bei allen die Pubertät anfing: Unsicherheiten, Eitelkeiten überall. Aber das war nicht ihr Problem. Sie hatte für sich wohl schon einiges ausgeschlossen. Sie zog sich zurück auf das Beobachten. Wie die Altersgenossen sich mit ihren Entwicklungen und Gemütsbewegungen quälten oder auch andere quälten, das fand sie interessant. Zumindest ersparte ihr dies sicher viele Turbulenzen auf offener Bühne.

Wir waren bald eng befreundet. Ich glaube, ich fand die Abwesenheit von Eitelkeit, ihre Entdeckungslust und Lesewut sehr mitreißend, wenn mich auch ihr scharfer Blick für Unsicherheiten und ihre süffisanten Kommentare immer wieder mal erschreckten.

Ihre Stimme wurde tiefer, gepresster. Sie kultivierte ein hartes Lachen, was aber wohl eher herzlich gemeint war. Ich verstand es so. Sie war hart zu sich selbst. Einschlafen im Reisebus, wo doch alle schliefen- sie nicht. Immer wach, immer in Spannung. Und die Mauer wurde mit den Jahren dicker: Nichts fühlen, nur so tun, als ob, dann kann auch nichts wehtun. Immer die Kontrolle behalten.

Wir waren 17, als sich ein Junge für sie interessierte. Sie muss gedacht haben: Das kann der gar nicht ernst meinen. Und wenn doch, kann er nur blöd sein. Von mir kann keiner was wollen. Sie machte es ihm schwer, aber er blieb dran. 30 Jahre lang. Wahrscheinlich hat die Befürchtung gesiegt, es käme nach diesem nie wieder ein anderer, denn sie zogen zusammen und zwei Kinder groß. Natürlich hat sie sich für das Studium der Psychologie entschieden. Die Entwicklung von Menschen beobachten und beeinflussen, ja, das war konsequent.

Berufliches und politisches Engagement schoben sich immer mehr vor die Möglichkeit privater Nähe. Das bekamen ihr Partner und ihre Kinder zu spüren. Sie selbst merkte es wohl nicht so. „Auch wenn man wenig Zeit miteinander verbringt" sagte sie, „ ist es doch entscheidend, wie die Qualität des Zusammenseins ist." Was für ein Satz!

Die Kinder waren schwierig. Irgendwas fehlte wohl. Und mit dem Satz „Du willst die Welt verändern, und ich mach es möglich, oder wie? Das geht nicht mehr." zog er dann eines Tages aus. Sie verstand das nicht ganz. Sie arbeite daran, ihn zu recyceln , sagte sie.

Wir hatten uns zufällig in einem Kino getroffen. Als sie mir das erzählte, stellte ich fest, ihre Welt hatte sich wirklich sehr verändert.

Jahre später, bei einem Klassentreffen, erschien sie sehr auffällig gekleidet. So kannten wir sie nicht: High Heels, lange, blaue Fingernägel, Tigerhose, wahnwitziger Haarschnitt, grellbunter Schmuck, wo immer nur Platz war. „Du hast dich gar nicht verändert", sagte sie zu mir. Hat sie ihn recyceln können? Tiefes einatmen. „Das kann man so und so sehen. Er findet, wir sind getrennt, ich nicht so." Wie geht das denn? Merkt man sowas nicht an irgendwas?

Naja, wir sind auch schon lange nicht mehr befreundet. Ich glaube, das hat sie auch gar nicht bemerkt.

Wie geht es sonst so? Ihr konsequentes Training hat dazu geführt, dass sie weniger Probleme hat, als zu befürchten war- physisch. Ein zu lautes Das Leben-ist-schön-Lachen. Die Kinder hätten sich großartig entwickelt, beruflich. Aber wenig Kontakt eigentlich. Sie sei gerne gekommen. Denn sie habe ihr Leben lang gerne die Entwicklung von Menschen beobachtet. Und dies hier sei ja eine gute Gelegenheit für Langzeitstudien.

Alles ok bei Ihnen?

Falls man im Flugzeug überhaupt etwas zu essen bekommt, hat man meist eine Wahlmöglichkeit, sowas wie „Huhn oder vegetarisch?" Man sagt dann vielleicht „Huhn" und dann kommt einfach ein irgendwie akzeptables Hühnergericht.

Im Krankenhaus hingegen ist man meist länger als nur ein paar Stunden. Deshalb bemüht sich der Caterer dort um mehr Luxus. Dazu braucht es zwei Faktoren:

1.Große Auswahl. 2. Ein Tablet zur Bestellungsaufnahme. Und beides zusammen geht dann z.B. so.: „Wollen Sie zum Frühstück Brot oder Brötchen? Aha, Brot. Vollkorn? O.k. Weizenvollkorn, Roggenvollkorn oder Dinkelvollkorn? Eine Scheibe oder zwei? Mit Butter oder Margarine? Eine Portion oder zwei?" Mir ist schon zum Stänkern. „Weiß nich" sage ich, „ kann mich gar nicht entscheiden." – „Aha." Das ist noch nicht alles. „Wurst oder Käse? Aha, Käse. Gouda, Maasdamer, Leerdamer, Ziegen-, Kräuter- oder Frischkäse? Eine Scheibe oder zwei?" „Tilsiter" sage ich, „eine Scheibe." – „Hamwa nich."

Und das ist nur das Frühstück. Als Mittagessen wähle ich Huhn. Ja, aber wie denn? Filet, wenn ja Natur? Oder Frikadelle, wenn ja, mit welcher SauceDie tägliche Tablet-Hackerei dauert geschlagene 15 Minuten. Man könnte in dieser Zeit sinnvollere Dinge tun, zumal da Wahl und Wirklichkeit doch sehr auseinanderklaffen. Am nächsten

Morgen kommt statt der ins Tablet gehackten Roggenvollkornschnitte ein Croissant, ein unbestelltes Müsli ohne Milch, aber mit Gabel. Das virtuelle Hühnerfilet mit Erbsen ist in der Realität eine Frikadelle mit Möhren. Alles fake?

Tag 1 nach der OP: Zwei stabil aussehende Physiotherapeuten treten an mein Bett und beginnen vorsichtig die erste Mobilisierung. Da löst sich spontan das Metallgestänge über dem Bett auf. Erst kommt die Schraube runter, dann die anderen Teile. Mir auf den Kopf, was sonst.

Aus rechtlichen Gründen muss eine Ärztin kommen, die amtlich feststellt, dass ich keine Beule habe. Mobilisiert bin ich nun aber.

Tag 2: Zum Frühstück kein Kaffee. Stand nicht auf dem Tablet. Dann gibt der Fernseher mit integriertem Radio seinen Geist auf. Beim Mittagessen komme ich zu der Erkenntnis, dass es wirklich sehr egal ist, welche der 5 Sorten Sauce man gewählt hat. Alle schmecken gleich stark nach nichts. Ich lasse die Hälfte stehen und rede meinem knurrenden Magen gut zu. Jetzt, mein Lieber, sage ich zu ihm, ist ein guter Zeitpunkt, eine FDH-Diät zu machen. Friss die Hälfte fällt hier nicht so schwer. Mit der Einstellung „Essen ist nicht so wichtig, macht bloß fett." kommt man einfach besser durch.

Tag 3: Zum Frühstück immerhin eine Tasse, aber leer. Mittags stimmen Tablet und Tablett tatsächlich überein, für die Suppe gibt es Messer und Gabel. Dazu eine leere

Porzellanschüssel mit einem Schokoherzen, das mir alles Gute wünscht. Wenn die man nicht von Air Berlin geerbt sind. Ich hoffe inständig, dass bis zu meiner Entlassung nicht noch das Bett zusammenbricht.

Tag 4: Ich bekomme tatsächlich morgens eine Tageszeitung, muss sie aber sofort gegen die Putzfrau verteidigen, die sie direkt und ungelesen wegschmeißen will.

Muss zum Röntgen krückeln. Dort nimmt man mir schon am Eingang die Gehhilfen freundlich lächelnd ab. „Kommen sie mal hier rüber. Ich kriege das auch ohne Gehhilfen mit einer Superfußschiebetechnik klaglos hin und finde, ich hätte ein Lob verdient. „Supertechnik, nicht?" frage ich. „ Ja schon" ist die Antwort, „Wir haben jetzt auch Bluetooth. Aber ich weiß nicht, ob es das hier bringt." So viel zum Thema Tunnelblick.

Tag 5: Die Catering-Chefin nimmt meine Klagen verständnisvoll entgegen, fügt ihnen noch einige über das Personal hinzu, hämmert dann ausführlich meine Auswahl in ihr Tablet und geht mit einem fröhlichen „So, alles klar mit dem Frühstück." Mir dämmert: heute gibt es kein Mittagessen und ich denke langsam übers Heilfasten nach. Das fördert vielleicht den Heilungsprozess.

Als ich nach einiger Rumwälzerei endlich eingeschlafen bin, geht mitten in der Nacht das Licht an. „Ich bin Ihre Nachtschwester Irene. Ist bei Ihnen alles ok"

Aber ja, alles ok. Ich will hier raus. Jetzt.

Was sagst du da? Sprachbetrachtungen

Wischmops

Ich bin bestimmt nicht dafür bekannt, dass man mir Putz-Utensilien gut verkaufen oder auch nur mehr als einen Satz darüber verlieren könnte. Ich habe auch irgendwelche Lappen, aber ich mag nicht über sie diskutieren. Alles lästig. Das ganze Thema. Und ausgerechnet ich bekomme neulich Werbung für – ja, wirklich- für: Wischmöpse. Ein p.

Das hat mich doch ins Googeln gebracht. Ich schließe nicht ganz aus, dass man „ein Gerät zur feuchten Reinigung glatter Fußböden" (Wikipedia) meint. Ich google: „Micro Plüsch"-, „Micro Schrubb"- oder „Mix Eco-Mopp", wahlweise mit einem oder zwei p, „Wischmopp
mit Schleuder" (Was? Wohin?) und mit „quetschverschraubtem Stiel", auch „Easy Wring Sortiment" genannt.
Das beeindruckt mich. Saubermachen ist wohl doch nicht so einfach, wie ich immer dachte.

Wikipedia verunsichert mich dann mit dem Hinweis, dass man ein solches Utensil auch gelegentlich „französischer Mopp" nenne. Ist das eher eine respektvolle Verbeugung vor der Reinlichkeit unserer europäischen Nachbarn oder als Frankophobie zu verstehen? Sowas Ähnliches wie die französische Krankheit? Überhaupt ist dieses Ding doch eigentlich die Erfindung eines Amerikaners (Jacob Howe, 1837).

Und wie man im amerikanischen Englisch alles Mögliche zu Verben macht, ist auch hierzulande ein Satz wie „Lass uns hier jetzt mal

schnell ein bisschen wischmopsen." denkbar. Oder „Vorsicht- frisch gemöpst." Nicht zu verwechseln mit „Vorsicht, hier wird gemopst."

Da ja nun der Plural von Wischmopp eigentlich Wischmopps heißt, mache ich mir auch Gedanken, was die Verfasser mit „Wischmöpse" wirklich bewerben. Vielleicht eine schlanke , bewegliche und schleuderfähige Hundeart? Mopsfidel in etwa? Kann nicht sein. Ein Mops ist im Grunde seines Wesens fett und wenig beweglich und schnieft. Ich würde ihn auch nie schleudern wollen.

Neulich im Open Air Theater sitzt vor mir ein Mann mit mobiler Hundehütte, darin- klar: ein Mops. Wurde getragen, nicht geschleudert.

Oder war die rotwelsche Bezeichnung „Möpse" für Geld gemeint? Kann man damit wischen? Naja, wenn der Schein groß genug ist... Ist doch aber inzwischen ein eher aus der Mode gekommener Begriff.

Alles andere schließe ich aus, unanständige Werbung bekomme ich nicht. Ich möchte mir zu Brüsten keine Wisch- Vorstellungen machen.

Ich will auch gar nicht wissen, wer im „Café Möpschen" in Witten ein und aus geht und was die da machen.

Vielleicht hätte Loriot statt: „Ein Leben ohne Mops ist möglich, aber sinnlos" auch formulieren können: Ein Leben ohne Möpse oder Möppse ist möglich, aber sinnlos." Nein, hätte er nicht. Der konnte Rechtschreibung. Und Grammatik.

Glimpf

„Verunglimpfen" –was für ein Wort: Laut Duden ist es ein schwaches Verb im gehobenen Gebrauch. Es bedeutet schmähen, beleidigen, herabsetzen. Und es ist streng genommen Lautmalerei: „Verunglimpfen" - das drückt Ärger aus, Empörung. Verunglimpfen. Das gibt es nicht in positiv. Und was so alles verunglimpft werden kann: Die Ehre, das Andenken, politische Gegner und die deutsche Sprache.

Dieses Wortungetüm „verunglimpfen" hat sich im Gegensatz zu seiner positiven Schwester „glimpfen" nicht nur bis heute tapfer in unserem Wortschatz gehalten, es hat sogar Vorbildfunktion für: verunglücken verunmöglichen und sogar verunehren!

Ich bin allerdings fürs Positive und möchte noch mal überprüfen, ob uns der Glimpf nicht doch noch nützlich sein könnte. „Glück" geht doch neben „verunglücken" auch sehr gut – und es ist auch stets alles „möglich".

Also positiv: „Wir sind mit Glimpf davon gekommen." Was für ein Satz! Sehr von gestern, sehr verstaubt, aber er gefällt mir, weil er auf jeden Fall erstmal stutzig macht. Apropos Fall: Der Genitiv bringt es hier wirklich: „Trotz erheblicher Geschwindigkeitsüberschreitung wurde ich wegen meines wiederholten Glimpfes nicht geblitzt." Oder: „Ich war spät dran, fand aber mit viel Glimpf sofort einen Parkplatz vor der Tür." Bastian Schicks Beispiel folgend könnte man den Dativ natürlich auch hier dem genitiv sein Tod sein lassen und es eher so formulieren: „Wegen dem seinem Glimpf bleibt mal wieder alles an mir hängen". Na gut, das ist verunglimpfte Sprache.

Als Antwort auf ein in der S-Bahn schnell hingeworfenes „Arschloch" könnte ein entwaffnendes „Das tangiert meinen Glimpf nicht." folgen. Hier bietet sich allerdings auch ein „un" an, sowas wie: „Diese Verunglimpfung tropft an mir ab."

In Falle, dass mal die Gelassenheit richtiger Wut weicht, sollte man diese auch rauslassen. Laut Duden gibt es tatsächlich noch den passenden Imperativ hierzu: „"Verunglimpfe deinen Gegner!"

In diesem Sinne : Verunglücken Sie nicht.

Ungemein gemein

Mein Sohn möchte mal wieder schnellstens los, dieses Mal ohne Licht am Fahrrad. „Ohne Licht bist du gemeingefährlich und gefährdet, das ist doch wohl gemeinfasslich, oder?"

Auf den elterlichen, von Vernunft geleiteten Protest folgt der Standardsatz eines Pubertisten : „Du bist gemein". Ein Gemeinplatz, nichtsagend, abgenutzt. Er will sagen: Ich will das, komm mir nicht mit Verboten, Argumente will ich nicht hören.

Warum soll ich denn nicht zu diesem Fest gehen? Warum kann ich nicht später nach Hause kommen? Du bist gemein. Und dann kommt der nächste Vorschlaghammer: Alle anderen dürfen das, nur ich nicht. Stimmt fast nie, aber er ist allgemein üblich, gemeiniglich pubertistisch gebraucht.

Vor diesem Hintergrund überlege ich mir, ob man das englische „common sense" nicht doch gelegentlich freier übersetzen darf. Statt es wie gemeinhin als „gesunder Menschenverstand" zu verstehen, könnte man es doch auch wirklich mal eins zu eins übertragen zu „der gemeine Verstand". Das würde ziemlich genau ausdrücken, was ein Pubertist hier empfindet: Deine blöden Bedenken und Argumente, mögliche Gefahren – sollte also hier und jetzt auch mein Verstand einschalten das wäre gemein. Dieser gemeine Verstand, der stört hier und jetzt.

Auch eine eher ablehnende Haltung verrät ein Satz wie „Mit solchen Leuten mache ich mich nicht gemein." Vielleicht sind mir die zu vulgär, zu gewöhnlich, zu blöd. Vielleicht sprechen die eine gemeine Gossensprache und ich lieber nicht. Vielleicht bin ich aber auch etwas Besonderes, z.b. ein Fürst und sinne auf Abstand. Und ich stelle mich doch nicht auf die gleiche, also eine niedere Stufe mit dem gemeinen Volk. Diese Bedeutung kommt natürlich erst im 15. Jh auf. Was allen gemein ist, ist wenig wert, eigentlich schlecht. Eine Gemeinde soll glauben und folgen. Menschen mit intellektuellem Anspruch sollten sich nicht in Gemeinplätzen verlieren, sowas wie … Das Wetter ist schön. Du bist gemein.

Und im 19.Jh. geht das noch schlimmer, noch abwertender: gewöhnlich, vulgär, unanständig: Er ist ein gemeiner Schuft. Steigerung: Das ist hundsgemein.

Apropos vulgär: Was hat bloß die primula vulgaris falsch gemacht, die gemeine Schlüsselblume? Bei der „gemeinen Stubenfliege" weiß ich es: sie nervt.

Andererseits ist es doch auch schön, Gemeinsamkeiten zu entdecken. „Den kann ich nicht ab/finde ich unausstehlich " sagt meine Freundin. Und ich antworte; „Da haben wir was gemeinsam". Schön. Oder wir bekräftigen unseren Zusammenhalt: „Gemeinsam sind wir unausstehlich.". Einfach schön.

Eine Familie unternimmt etwas gemeinsam (von Pubertisten gelegentlich jedoch auch vehement abgelehnt), ein Gemeinschaftsgefühl entwickeln, das ist doch etwas Schönes, nun gut, eine Gemeinschaftsunterkunft vielleicht weniger. Gelegentlich hört man, man wäre dort handgemein geworden. , hätte also alle vorhandenen Hände zusammengelegt, geballt o.ä.

Was nun wirklich nicht allgemein üblich, sondern herausragend und besonders ist, kann man folgerichtig mit dem Wort „ungemein" steigern. Und das im positiven Sinne. Mein 3-Jähriger ist ungemein klug. Oder : Mein Pubertist ist ein Pubertist, aber so ungemein sportlich.

Ich sollte eigentlich in dieser Richtung weiterdenken und aktiv in die Sprachentwicklung eingreifen. Wenn ich das nächste Mal dieses „Du bist gemein" höre, könnte ich eigentlich auch mal antworten: Nein, ich bin un-gemein. Ich bin dein Elter und besonders. Mal sehen, wie das aufgenommen wird. Vielleicht kommt dann ein schrilles „Doch, du bist ungemein gemein."

Mit und ohne – Ich sehe Sterne

Nachrichten lösen bei mir immer so furchtbare Grübeleien aus.

Immer wenn jemand von seinen Mitarbeiterinnen und Mitarbeitern spricht, bin ich irritiert. Beim Lesen sehe ich nur noch Sterne. Meist handelt es sich dabei um

Arbeit**geber**, deren Angestellte **bei** ihnen arbeiten, aber selten **mit**arbeiten. Man bewegt sich doch auf verschiedenen Tätigkeits-Ebenen, der Arbeitgeber, der Manager und seine Arbeitnehmer. Kollegen, nein Kolleginnen und Kollegen, könnten voneinander und **mit**einander von Mitarbeiterinnen und Mitarbeitern sprechen. Wäre ok. Apropos Nehmen und Geben: Wer gibt denn hier eigentlich wem was? Wer gibt die Arbeit und wer nimmt sie entgegen? Sehr verwirrend.

Diese vielen „-innen" machen mich ja schon fertig. Mitarbeiterinnen und Mitarbeiter. Ok, muss man sicher unterscheiden, beim Gehalt tut man das ja schließlich auch. Eher entspannt hingegen dieses Wort: Angestellte: der, die, alle sind gemeint. Mal keine –innen-Endung.

„Mit" ist ja oft schön, irgendwie verbindend. In einer Traueranzeige las ich z.B. „Wir trauern um unsere Mitfrau Elisa, die nach langer, schwerer Krankheit…".
Mitfrau. Mit einem t. Schön.
Möchtest du den Kaffee mit Milch. Nein, mit ohne. Gemütlich. Frauen haben sicher keine Mitesser, sondern Mitesserinnen.

Neulich hörte ich in einem Bericht über die Streiks im öffentlichen Dienst, wie ein Gewerkschaftssprecher seine Stellungnahme so begann: „Das Angebot der Arbeitgeberinnen und Arbeitgeber ist bisher bei weitem nicht…" Da blieb ich hängen. Wen meinte der Mann? Er hat doch nur einen Arbeitgeber, nämlich den öffentlichen

Dienst, den Bezirk oder irgendeine Senatsstelle. Was davon ist weiblich? Vielleicht gibt es durchaus auch mal weiblich besetzte Führungsposten oder gar Vertretungen in Tarifverhandlungen, aber sprachlich überfordert mich dies. Als im Verein neulich von Mitgliedern und Mitgliederinnen gesprochen wurde, dachte ich kurz über einen Austritt nach.

Oder war es eine Austrittin? Wäre ich dann eine Austretende oder Ausgetretene. Ich weiß nicht.

Nicht alle, nicht mal alle Transen, achten durchgehend auf Gendering. Wie kommt es, dass es **der** Transvestit, aber **die** Transe heißt? Also die Transe Candy Crash, neulich im rbb als Wahlberlinerin vorgestellt, blieb mir bedenklich im Ohr haften. Sie sagte zum Thema Europäische Freizügigkeit: „Ich könnte als Selbstständiger doch auch einfach so nach Schweden gehen."

Also ich jedenfall habe mir vorgenommen, mir in Zukunft schon etwas mehr Mühe zu geben , meinen unreflektierten Sprachgebrauch in den Griff zu kriegen. Auch wenn ich mal in Wut gerate, darf ich das Gendern nicht vergessen. Korrekt heißt es: „Eij, ihr Angeberinnen und Angeber, Ihr Vollpfosten und Vollpfostinnen, wollt Ihr mich ver....." Das sage ich jetzt nicht. Ich übe nun auch, konsequent zu sein: Sie hat gewütet, diese Wüterichin. Machen Frauen sowas überhaupt, wüten? „Die Idiotinnen und Idioten im Bezirksamt" sagt man sowieso nicht, aber man könnte in solchen Fällen der Einfachheit halber ausweichen auf „Verrückte beiden Geschlechts".

Traumhaft

Sturm in Oberhavel

Feierabend , ab ins Auto und nach Hause hintern Ofen. Das Wetter ist grausam schlecht. Was für ein Wind. Ein Kollege warnt zum Abschied „Ist windig, pass auf dich auf!" Ein anderer wundert sich, weshalb ich mich überhaupt raustraue, wo es doch eine Sturmwarnung gab. „Kriegst ooch nich jenuch, wa?"
Was soll schon sein, alles kein Gegner. Wir sind ja hier nicht in Indien. Mein Auto ist auch sonst mein Schutzschild, im ruppigsten Oberhaveler Feierabendverkehr. Bis ich am Steuer sitze, ist schon meine Mütze weg und die Frisur zerrupft, ärgerlich. 20m weiter kracht mir ein dicker Ast vors Auto. Also das nervt. Dann kommt natürlich ein Stau, kennen wir ja. Ein umgefallener Baum mit 3m hohen Wurzeln und ein unübersichtliches Astgewirr liegen auf der Straße. Das ist mir neu. Die Feuerwehr hat bereits eine Art Tunnel gesägt, so dass die Autos da durchschleichen können. Gruselig. Am Rand steht ein Mann und winkt die Autoschlange durch. Ich sehe nur halb hin, wundere mich auch nur so halb, dass der irgendwie so entspannt wirkt und überhaupt barfuß da rum läuft. Habe ich den nicht schon mal wo gesehen?

Endlich kann man mal ein paar Meter im Stück machen, aber echt, es wird unangenehm, überall fliegen Äste und Schilder durch die Gegend. Gut, dass ich kein Fußgänger bin. Da sehe ich aus dem Augenwinkel und auch eigentlich nur so vernebelt am Straßenrand einen Typen laufen. Seelenruhig läuft der da lang, und barfuß und jetzt nur noch im dünnen T-Shirt. Wirkt aber gar nicht durchnässt Leute gibt's! Hat der keine Angst um Leib und Leben? Sollte ich den nicht lieber einladen einzusteigen? Ich hupe und winke. Er sieht nur kurz auf, lächelt und geht einfach weiter. Na gut, dann nicht. Der hat ja Nerven. Ich nun langsam immer weniger. Und wenn nun so ein Baumstamm auf mein Auto… Nicht dran denken, Ich will nur noch in mein warmes Zuhause, gut gemauert, gut gedeckt.

Etwa 2 km später sehe ich diesen Spaziergänger wieder. Ich schwöre, er hat einen Turban auf.
War das vorhin schon so? Und wie hat der es zu Fuß so schnell hierher geschafft? Er merkt wohl, dass ich ihn ansehe und lächelt mich wieder an. Vielleicht doch ein Inder. Nein, nein, irgendwoher kenne ich den doch. Verwirrt fahre ich langsam weiter, mein Scheibenwischer in wilder Aufregung.

Als ich endlich vor meiner Haustür stehe, überlege ich noch, ob der Baum , hinter dem Ich parke, jetzt gleich auf mich oder aufs Auto oder auf beide krachen möchte, als es plötzlich an meine Autoscheibe klopfte. „Steig ruhig aus", sagt der Barfüßige.

„Ich bin doch dein Schutzengel." Dann verblasst er, löst sich buchstäblich auf.

Wusste ich doch, ich kenne den irgendwoher. Netter Typ, aber wiedersehen will ich den so schnell auch wieder nicht.

Ich steige aus, eile ins die Haus und mache mir einen Tee. Darjeeling. Durchs Fenster sieht man, wie der Sturm weiter tobt. Keine Fußgänger unterwegs, keine Autos. Natürlich nicht.

Der Traum vom Fliegen

Nils erinnerte sich selten an das, was er geträumt hatte.
Aber wenn, dann ging es um das Fliegen.
Davon träumte er oft und es war auch eine Zeit lang sein Lebenstraum.
Er war als kleiner Junge recht hässlich und etwas dick. Nicht dass sich das bisher groß geändert hätte, aber heute ist es ihm egal. Da niemand mit ihm spielen wollte und ihn niemand wirklich zu mögen schien, richtete er sein ganzes Interesse auf das Fliegen und alle und alles, die es konnten: Wildgänse z.B., kleine motorisierte Spielzeug-Flugzeuge und etwas später Berichte über berühmte Piloten.
Seine Eltern allerdings liebten ihn durchaus und witzelten manchmal, seine Segelohren und überlangen Arme wären doch ein guter Ansatz für eine Flugkarriere. Besonders der Vater nahm sich viel Zeit für das Kind. Er

war schon immer ein Tüftler gewesen, baute alles selbst und erfand gelegentlich nie gesehene technische Konstruktionen. Nun baute er alles Mögliche für seinen Sohn. Zunächst bekam er ein Kinderbett in der Form eines Vogelnestes, eine Tapete, die mit lauter kleinen Flugzeugen bedruckt war, und über dem Bett hingen kleine Vögel und Flugapparate aus Stoff oder Holz.

Niemand wunderte sich, dass der Junge, kaum dass er laufen konnte, tatsächlich auch Flatterbewegungen mit den Armen und Ohren vollführte und dazu brummte wie ein einmotoriges Flugzeug. Die Eltern fanden das niedlich, die Nachbarn verdrehten die Augen.

Als 3-Jähriger flog er dann erstmals, leider nur die Treppe runter. Das Ergebnis waren etliche blaue Flecken und eine dicke Beule an der Stirn. Da träumte er zum ersten Mal sehr eindrücklich vom Fliegen. Sein Vater hatte ihm einen Schirm gebastelt, der solcherlei Stürze abmildern konnte. Er war das Ergebnis komplizierter Berechnungen, von äußerst leichtem Material und beachtlicher Größe. Er sollte die Treppe oder den Garten nur noch mit diesen Schirm betreten.

Und immer wieder bewirkten nun – zumindest im Traum- auch plötzliche Windstöße, dass der Schirm sich blitzschnell entfaltete, er abhob und minutenlang über den Nachbargärten schwebte, v.a. im Frühjahr und Herbst, und er wurde natürlich immer geschickter in der Lenkung seines Schirms. Gelegentlich hörte er träumend von den Nachbarn und v.a. ihren Kindern ein deutliches, bewunderndes „Guck mal, da ist ja wieder der fliegende Robert". Einmal waren es auch Flügel, die ihn trugen, aber irgendwie gingen die unterwegs ab und er schwebte dann ohne Hilfsmittel in der Luft.

Als er älter wurde, veränderten sich die Träume etwas. Es ging nun um längere Aufenthalte in der Luft und er wünschte sich tatsächlich zum Geburtstag eine Konstruktion von seinem Vater, mit der er tatsächlich abheben könnte. Es wäre doch zu schön, wirklich mal die Welt von oben zu betrachten.

Der Vater tüftelte wieder, berechnete Spannweite und Traglast und war wochenlang für nichts anderes zu haben. Der Sohn freute sich riesig, als er an seinem Geburtstaggeschenk dann auch einen eingebauten Motor entdeckte. Er schnallte sich sofort alles um und flog los. Er kam leider gerade mal bis in den Nachbargarten und landete sehr unsanft in Frau Schmidts Stachelbeersträuchern und zerkratzte sich Arme, Beine und Gesicht. Frau Schmidt schäumte vor Wut, denn ihre gesamte Stachelbeerernte für dieses Jahr war dahin. Er sich aber schließlich, die Alte solle sich nicht so haben wegen der paar blöden Beeren, die sowieso keinem schmeckten. Immerhin hatte er den Eindruck mitgenommen, dass sich hinter den hohen Hecken und Zäunen der Nachbarn doch sicher einige interessante Entdeckungen machen lassen könnten. Das Fliegen blieb nun allerdings erstmal nur wieder ein Traum. Für Flugzeug und Hubschrauber war er noch zu jung und es fehlte auch das Geld. Als er gefragt wurde, was er mal werden wollte, antwortete er stets, ohne zu zögern: Pilot.

Zum 15. Geburtstag schenkte ihm sein Vater dann aber eine fliegende Kamera einen Multicopter, nein Quadrocopter- 4 Rotoren, eine Kamera- eine fliegende Kamera. Das war nicht ganz das, wovon der Junge geträumt hatte, aber erschwinglich. Und es veränderte einiges. Es veränderte ihn.

Es ging nicht mehr so sehr um das Fliegen, sondern um das Fliegen lassen. Um das Steuern. Nach einiger Zeit auch nicht mehr darum, denn dieses Gerät war denkbar einfach zu bedienen. Es konnte so vieles von allein und automatisch sehr stabil in der Luft stehen. Schwierig war es manchmal nur, festzustellen, wo genau das Gerät welche Aufnahmen gemacht hatte. Nur der Flughafen war immer eindeutig zu identifizieren.

Natürlich gab es öfter mal auch Proteste. Der Motor machte ein nerviges Brummgeräusch, ähnlich seinem ehemals kindlichen Brummen. Die Stille am See war gestört. Die Nachbarn schauten zunehmend genervt und ließen immer wildere Flüche hören. Man brüllte sich an, zeigte diverse Mittelfinger und tippte sich an die Stirn. Irgendwer schaffte es aber wohl doch, an die Fernsteuerung zu kommen und damit den Multicopter zu entführen. Er stieg sehr rasant hoch und entschwand. Der Vater wütete noch eine Weile, der Junge bearbeitete Frau Schmidts Mülltonne mit den Füßen, aber irgendwann waren sie einfach erschöpft und gingen ins Haus. Erst am nächsten Tag wollten sie sich Gedanken über mögliche Racheakte machen.

In dieser Nacht saß er im Traum auf dem Multicopter wie auf einer Wildgans. Wunderbarerweise passte er ganz gut da drauf und schwebte nun über der Siedlung, wunderbarerweise lautlos. Frau Schmidt stand am Zaun, freundlich lächelnd winkte sie ihm nach. Neben ihm tauchte manchmal ein Vogel auf, sah ihn seltsam an und verschwand wieder. Er flog über den See, an einem Felsen entlang und dann Richtung Flughafen, da es ihn ja doch immer noch zu den Flugzeugen zog.   Er spürte weder Kälte noch Wind. Als er sanft auf der Landebahn aufsetzte, erwachte er, zufrieden lächelnd. Er kam langsam zu sich und stellte fest, dass es noch gar nicht so spät war. Er stand auf, um aus der Küche etwas zu trinken zu holen. Sein Vater saß gespannt am Fernseher. Es lief eine Sondersendung zu einem aktuellen Flugzeugabsturz aus bisher ungeklärter Ursache am nahe gelegenen Flughafen.
Irgendwie fand er sich plötzlich zu erwachsen für Träume. Und er ergriff einen bodenständigen Beruf. Er wurde Tierpfleger. Im Vogelhaus.

Grenzenlos

Gemüse in Grenzen

Es war das Jahr 8 nach der deutschen Wende. Die Familie war von West nach Ost gezogen, na ja, eigentlich aus der Innenstadt nach Norden, nach Oberhavel. Die Kinder besuchten die Grundschule im Ort. Es war eine vergleichsweise kleine Schule, die Lehrer- und Schülerschaft überschaubar- „Hier geht niemand verloren, hatte die Rektorin bei einem Vorgespräch gesagt. Die Kinder wurden gut aufgenommen und fügten sich gut ein. Gegessen wurde in der Schulkantine und auch das ging glatt, wie die Eltern erstaunt registrierten. Wenn zu Hause Möhren auf den Tisch kamen, hieß es „Wollt Ihr mich vergiften?". Gemüse überhaupt erschien den Kindern offenbar als eine ganz bösartige, stets wiederkehrende Gemeinheit der Eltern. Das Schulessen wurde aber scheinbar ohne Murren akzeptiert.

Eines Tages allerdings kam die Tochter hungrig nach Hause. Sie hatte in der Schule nicht gegessen, nicht weil es Gemüse gegeben hätte, sondern ein Gericht namens „Tote Oma". Blutwurst kannte sie ja, aber dieser Name „Tote Oma" war völlig inakzeptabel. Sie mochte ihre Omas sehr. Ab sofort war die Schulkantine tabu, es wurde zu Hause gegessen, sogar Gemüse.

Wenig später hatte der Sohn im Unterricht irgendwelchen Mist gebaut und erhielt dafür eine Strafe: eine umfangreiche Schreibarbeit. Angesichts der vielen Schreiberei ihres Sohnes etwas irritiert schaute die Mutter ihm mal über die Schulter und erfuhr, dass er 5 Mal die Schulordnung abschreiben musste. Natürlich nahm er dabei überhaupt nicht zur Kenntnis, was er da schrieb. Bloß schnell fertig werden. Mutter, ohnehin irritiert ob der pädagogisch wertvollen Aufgabe, las aber mit und stolperte über einen eigenartigen Absatz:

„Kindern, die zu Hause Gemüse aus dem eigenen Garten haben können, ist es verboten, Gemüse aus dem Schulgarten mitzunehmen." Aha, soso, es gibt einen Schulgarten. Das ist neu. Und das ist ja toll. Und das ist ja wunderbar. In der Stadt höchst selten, aber wünschenswert. Da lernen die Kinder, wie eine Kartoffel wächst, lernen die Pflanzen kennen und etwas Gärtnern. Und hier haben die sowas. Ist doch pädagogisch sehr wertvoll.

Aber offensichtlich sollte hier auch einfach zusätzliches Gemüse produziert und dann gerecht verteilt werden. Auch hier hat ja nicht jeder einen Garten. Es ging also auch um Versorgung. Damit erklärte sich wohl auch, weshalb auch im Jahre 8 nach dem Mauerfall im Supermarkt des Ortes kaum frisches Gemüse zu bekommen war. Was angeboten wurde, fand wohl kaum Käufer und gammelte vor sich hin. Man verließ sich wohl immer noch lieber auf Produkte aus dem eigenen Garten.

Ein Nachbar erzählte ausführlich, wie viele Leute sich sogar ein Schwein im Garten gehalten hatten – kriegst du als Ferkel, ist in ein paar Monaten schlachtreif, dann gibt es ein Fest. Oder mindestens Hühner. Der absolute Renner, falls sie nicht der Marder holt.

Ja, und wo war denn nun der Schulgarten? Die irritierte Mutter fragte sich mühsam durch. Den gibt es nicht mehr, erklärte ihr schließlich die Schulleiterin mit bitterer Stimme, weil das Grundstück umstritten sei. Irgendwelche Erben irgendwo in Amerika hätten Ansprüche angemeldet. Die wüssten ja gar nicht, was sie hier damit anrichten.

Kein Schulgarten mehr. Allerdings wurde das Kauf-Angebot von Jahr zu Jahr besser, mehrere neue Supermärkte öffneten und die Eigenproduktion von Obst und Gemüse schien gar nicht mehr so wichtig.

Blieb noch das pädagogische Problem: Nach einer denkwürdigen Konferenz mit Elternbeteiligung wurde die Schulordnung modernisiert. Offenbar hatten sie schon jahrelang nicht nur die abschreibenden Kinder nicht mehr gelesen.

Und nochmal 8 Jahre später? Nach diesem Kurs in Lokalgeschichte war die Familie durchaus inspiriert und legte trendwidrig ein eigenes Gemüsebeet an. Die Nachbarn waren hin und hergerissen zwischen früher und heute, kaufen und selber anbauen und entschieden sich schließlich für ein Gemüsekisten-Abo bei einem Bauernhof der Umgebung.

Irgendwann wurde dann tatsächlich auch wieder ein Schulgarten eingerichtet, nun zu rein pädagogischen Zwecken. Damit die Kinder wissen, wie eine Kartoffel. Wer jetzt quatscht, muss diesen Text 5x abschreiben!

Zwei im Vogelkäfig

Dieser Wellensittich war uns eines Tages einfach zugeflogen. Giftgrün und sehr bissig. Wer weiß, was der schon erlebt hatte. Er machte einen sehr verhungerten und zerzausten Eindruck, als wäre er tatsächlich von Australien in einem durch hierher geflogen. Wahrscheinlicher war aber, dass er nur ein Käfigleben gewöhnt war und ihm ein Flug durch die rauhe Vogelwelt da draußen nicht sonderlich gut bekommen war.
Abweisen ging nicht, er wurde also erstmal gefüttert, bekam einen geräumigen Käfig und blieb. Natürlich gab es Anfangsschwierigkeiten: Was braucht und mag so ein Wesen? Welche Kost ist der gewöhnt?
Er bekam den Namen Peterchen, wurde aufgepäppelt und hatte manchmal sogar ganz gute Laune. Er durfte im Zimmer herumfliegen, wenn alle Türen und Fenster geschlossen waren. Das tat er dann auch ausgiebig, bis er Hunger hatte und gerne wieder in seinen Käfig hüpfte. Ihm fehlte nichts.
Bis uns eines Tages ein junger, zerzauster und sehr hungriger Zeisig zuflog. Er ließ sich einfach nicht

abwimmeln, sah auch schlimm aus. Noch so einer, wenn auch eher hier heimisch.

Auch er bekam Futter und Wasser und durfte sich zu Peterchen gesellen. Der war alles andere als begeistert über den Fremdling und Konkurrenten. Die beiden beharkten sich, der Neue blieb beharrlich und Peterchen gewöhnte sich halbwegs an ihn. Der Zeisig wurde Emil genannt und durfte ebenfalls im Zimmer herumfliegen. Es ging ihm schnell besser und er wuchs zu voller Zeisig-Größe heran.

Er gewöhnte sich nun an, überall herum zu kacken und machte zunehmend einen unausgefüllten Eindruck. Klar, ist ja einer, der in die freie Natur gehört, dachten wir, der sich seine Nahrung lieber selber suchen will, und ließen nicht nur die Käfigtür, sondern auch das Fenster offen. Es dauerte einige Tage, bis Emil es wagte, durchs Fenster zu fliegen. Abends war er wieder da, etwas aufgekratzt und auf jeden Fall hungrig. So ging das ein paar Tage. Emil kam aber von Tag zu Tag etwas weniger derangiert nach Hause. Nach 2 Wochen war es dann soweit: Er flog weg und blieb weg. Er war ein erwachsener Vogel, der jetzt sicher irgendwo sein Nest baute und ein Weibchen angurrte. Wir waren ein wenig traurig, aber auch froh über seine Entwicklung.

Peterchen war deutlich irritiert. Er muss Emil für völlig bescheuert gehalten haben, diesen sicheren Ort zu verlassen, und blieb lieber inhäusig. Als Emil, sein Konkurrent und nerviger Mitbewohner nun endlich weg war, wollte aber doch nicht die rechte Freude aufkommen. Er hatte zwar nun den Käfig wieder für sich, aber immer öfter ziemlich schlechte Laune. Er wurde bissig und krächzte unschön vor sich hin. Ab und zu setzte er sich ans offene Fenster und schaute halb sehnsüchtig, halb skeptisch raus. Er wollte sicher nicht weg, vielleicht nur mal so gucken, was da draußen los ist.

Eines Tages versuchte er es dann, *was der kann, kann ich schon lange* oder *mal sehen, wo der steckt*. Er flog raus und blieb den ganzen Tag weg. Abends kam er völlig zerzaust und erschöpft zurück und kroch ganz still in seinen vertrauten Käfig.

Wir ließen Käfig und Fenster offen, denn es war nicht mehr damit zu rechnen, dass Peterchen abhauen würde. Der wusste seinen Käfig zu schätzen. Wer weiß, was den dazu bewegt hat, es doch noch mal mit der Freiheit zu versuchen. Eines Tages flog er weg und blieb weg. Komisch, was uns bei Emil gefreut hat, machte uns hier betroffen. Wir waren nicht so sicher, ob der kleine Stubenvogel das überlebt hat.

Horizonterweiterung

„Sag mal, willst du nicht mal was machen, für dich so, meine ich?"

Wie, was machen? Ich mach doch was. Ich mähe Rasen, ich putze Fenster, ich wasche Wäsche, gucke immer „Verbotene Liebe" und... „Rote Rosen"

„Nein, ich meine, irgendwas Neues mal. Für den Geist oder den Körper oder so."

Geist? Was fürn Geist? -- „Menno, was Neues lernen, mach doch z. B.,emm, einen Fremdsprachenkurs."

Wieso? - „Na, in Berlin gibt es Kneipen, da kommst du ohne Englisch nicht mit dem Kellner klar. Oder im Urlaub, da trifft man doch mal auf Franzosen Italiener oder Leute, die…"

Ich verreise nicht. Urlaub mache ich hier. Hier ist auch schön.

„Oder einen Computerkurs." *--Ach, nö. Keinen Bock. Ist mir sowieso zu kompliziert.*

„Naja, und Sport? Geh doch mal zum Volleyball. Oder Nordic Walking"

Wieso Nordic?Und überhaupt: hä? --„Nur so ne Idee. Yoga? *Wozu das denn?* Da findest du deine innere Mitte. *Hab ich schon, voll.*

„Was ist mit einem Kochkurs, chinesisch kochen oder so.

„ *Ich koche doch. Hausmannskost. Bouletten, Kartoffelsalat. Was Anderes mag ich auch gar nicht.*

„Nicht mal probieren?" *—Nö.*

„Hast du denn gar kein Hobby? Gehst du nie aus? *Doch, abends - mit dem Hund.*

Hast du denn nicht mal einen Wunsch?

Na doch, ich würde gerne mal irgendwo ganz weit gucken können und zusehen wie am Horizont die Sonne untergeht.

Feuer und Flamme

Feuerlein

Was ist denn ein Feuerlein? Ein Lagerfeuer, das man ganz klein hält, damit es nicht zum Waldbrand führt? Oder etwas , das man schüren und nähren muss, damit es wächst ?

Nein. „Feuerer" kommt aus dem Bayrischen und meint den untersten der Holzknechte, der in der Holzarbeiterhütte das Feuer besorgen musste. Es bedeutet „einer, der schüren muss", etwas abwertend das Feuerle genannt.

Diese Berufsbezeichnung wurde irgendwann, wie viele andere, zu einem Familiennamen, v.a. im süddeutschen Raum und bekam einen ganz anderen Klang. Familie ist stark untertrieben, im Württembergischen war das ein Geschlecht, ein großes und großbürgerliches, heute würde man eher Clan sagen. Die waren alle sehr fruchtbar, sehr erfolgreich und sehr reich und haben für eine sehr weit verzweigte Verwandtschaft gesorgt.

Und was die ihren Kindern für Vornamen gegeben haben: Willibald und seine Frau Rosine Dorothea Eufrosina deckten ihre Töchter sozusagen ein mit Namenseinfällen. Eine hieß Eberhardine Friederica Magdalene Juliane und die andere Johanna Justine Christiane, deren Brüder vergleichsweise bescheiden Johann Christian Leopold und Carl Friedrich. Jedenfalls alle Feuerlein. Naja, wir sind im 18.Jahrhundert und im aufstrebenden Bürgertum. Man kann nur hoffen, dass die diversen Retro-Moden in der Benennung von Kindern nicht bis dahin vordringen.

Die Männer waren Juristen, Regierungsräte, Gelehrte und immer einflussreich. Ein späterer Carl Friedrich gründete in Stuttgart eine Firma, die sehr erfolgreich den Handel mit Indigo betrieb. Ein Jakob Wilhelm wurde ein bedeutender Theologe.

Nach wem ist denn nun aber die Hohen Neuendorfer Feuerleinstraße benannt?

War es Wilhelm, ein bedeutender Arzt, Psychiater und der erste Suchtforscher. Er erklärte Alkoholismus für eine Krankheit, gründete 1978 die Gesellschaft für Suchtforschung und – therapie. Das wär doch mal was, eine Straße nach einem Suchtforscher benennen, ungewöhnlich! So einer mag viel bewirkt haben, hat aber bestimmt keine Lobby.

Nein, wir sind ja in der Osram-Siedlung. Hier geht es um Birnen. Deren Bewohner, Siemens-Arbeiter, waren gehalten, in ihren Vorgärten Birnbäume zu pflanzen, damit sie immer dran denken, dass sie es in ihrer Firma mit Glühbirnen zu tun haben. Bei dieser Anordnung hatte man wohl nicht bedacht, dass die Lebensdauer von Birnbäumen in der Nähe von Kiefernwäldern begrenzt ist. Und da geht uns ein Licht auf:

Natürlich hat man hier auch dem Elektrotechniker Otto Feuerlein (1863- 1930) ein Denkmal setzen müssen, denn der Mann hat als Leiter des Glühlampenwerks und späteres Vorstandsmitglied der Osram-Werke einiges für die Glühlampe geleistet. Er war wahrlich Feuer und Flamme für Technik an sich und glühte sozusagen speziell für die Birne. Er entwickelte die Tantal-Lampe, mit der der Kohlefaden abgelöst wurde. Später erwarb er aus den USA die Lizenz für die Wolframlampe. Er war der Enkelsohn von Willibald (Sie erinnern sich, der mit den außergewöhnlichen Töchternahmen) und Sohn eines Textilkaufmanns Otto. Er hatte nur 2 Töchter, eine heiratete den Ingenieur und Wirtschaftsberater Hermann Funke (BEWAG u.a.), aber er hatte 6 Geschwister. Man darf also, immer wenn man auf den Namen Feuerlein trifft, eine Clan-Zugehörigkeit vermuten. Dieser Otto jedenfalls hat dem Clan auf eine moderne Art alle Ehre gemacht und hätte eigentlich auch eine größere Straße benennen dürfen. Die heutigen Anwohner machen kaum Lagerfeuer, und wenn doch, dann nur ganz kleine.

Feuer und Flamme für das intelligente Auto

Wie der Zufall es will, haben sich gerade mehrere Menschen in meinem näheren Umkreis fast gleichzeitig ein Auto gekauft. Sie sind beruflich viel unterwegs, da muss es was Schnelles und Bequemes sein. Und sie sind alle Feuer und Flamme für technischen Schnickschnack. Sie tauschen sich nun sehr euphorisch aus.

Wenn ich denen so zuhöre, muss ich sagen, ich begrüße diese Entwicklung, weil ich ab jetzt mein Auto für mich habe. Oder anders formuliert: meine Steinzeit-Schüssel will sich keiner mehr zumuten, nicht ausleihen, nicht mitfahren. Mein Auto muss man aufschließen - händisch! Die Heckklappe muss man händisch öffnen, auch die Spiegel manuell einstellen und bei Frost die Scheiben freikratzen und gar Licht und Scheibenwischer höchst selbst betätigen. Arschkalt bleibt arschkalt, weil ich keine Sitzheizung habe. Mir macht es nicht so viel aus, dass ich nur abwärts und mit Rückenwind und wenn nicht allzu fette Leute mitfahren, auf, na sagen wir: 140km/h komme. Es sind sowieso überall Staus und Baustellen und demnächst wird ein Tempolimit eingeführt. Ich habe keinen Sinn für Technik, tanken und die Scheibenwaschanlage auffüllen, das kriege ich aber durchaus hin.

Bei den neu erstandenen Autos geht das so: Autotür anfassen – Auto auf, wenn der Schlüssel in 80cm Nähe ist. Die Autositzeinstellung wird gespeichert, für den Fall, dass mal jemand Anders fährt und dabei alles verstellt. Und: „Mein Bose-Sound-System ist ein Genuss." – „Naja, ist doch eigentlich Standard. Wobei, meine Canton Soundbar ist schon auch ok." Ich, die ich einfach nur ein popliges Autoradio habe, verdrehe die Augen. Von diversen Öffnungen für Chips und diese und jene plugs will ich gar nicht reden.

Der Fokus meiner Technik-Freaks liegt auf den vielen Kameras und Heizungen.

„Was, du hast BSW? Geil!" Das ist blind-spot-warning, Toter-Winkel-Warner. Ich würde das jedem LKW und allen Radfahrern, die ihnen begegnen, gönnen, frage mich aber, ob das bei Frost auch rechtzeitig von irgendeiner Heizung aufgetaut oder durch ein ominöses Selbstreinigungssystem vom Straßendreck befreit wird, wenn ich mich schon drauf verlasse.

Nun ja, es wird ja alles Mögliche beheizt: der Außenspiegel, das Lenkrad, alle Sitze, besonderer Luxus: auch hinten. Aber meistens sitzt ja da gar keiner.

„Hast du schon mal deine Rundum-Kamera geputzt?" - „Weiß gar nicht, wo die ist." Der Favorit ist die Vogelperspektive und wenn die Einparkhilfe einsetzt, piept es so furchterregend, dass man direkt die Finger vom beheizten Lenkrad reißen möchte.

„Ich habe mir jetzt so Feucht-Putz-Tücher gekauft, für unterwegs, ich ertrage den Staub auf der Konsole nicht." - „Apropos Konsole, ich habe noch kein Konsolenstaufach gefunden, da muss doch eins sein." „ Also, ich habe auf jeden Fall einen Parktickethalter, voll praktisch. Habe ich gleich gesehen."

„Vielleicht lese ich doch demnächst mal die Gebrauchsanweisung. Vielleicht erfahre ich dann, wo ich Öl nachfüllen muss." – „ Genau und Scheibenwaschwasser."- „Hast du eigentlich einen Ersatzreifen?"- „Keine Ahnung."

Und jetzt mal wirklich sehr in die Zukunft gedacht: Wenn die Batterie im Schlüssel leer ist, was dann? Der lädt sich doch vielleicht automatisch irgendwo auf. Das ist doch ein intelligentes Auto.

Doch, ich bin einmal Probe gefahren. In der Frontscheibe kann man ablesen, wie schnell man fährt und wie schnell man fahren darf. Das kann schief gehen. In unserer Straße z.B. darf man 30 km/h fahren, Fronti sagt 50, weil sie kein Schild gesehen hat. Da, wo man 50 fahren darf, aber an einem Schild vorbeikommt, dass für 22- 6 Uhr Tempo 30 vorschreibt, sagt Fronti 30. Uhrzeit ist für Fronti kein Thema. Ich lese lieber die Verkehrsschilder selber und übe weiterhin, sie mir für die nächsten 200m zu merken. Ich habe Warnwesten und eine Parkscheibe, um die man mich beneidet. Einparken kann ich auch alleine, ich bin nämlich auch intelligent.

FSC
www.fsc.org
MIX
Papier | Fördert
gute Waldnutzung
FSC® C083411

Zeitfracht Medien GmbH
Ferdinand-Jühlke-Straße 7
99095 Erfurt, Deutschland
produktsicherheit@kolibri360.de